Mes pArents sont GeNtiLs mAis...

TELLEMENT PEUREUX !

Catalogage avant publication de Bibliothèque et Archives nationales du Québec et Bibliothèque et Archives Canada

Cantin, Reynald

Mes parents sont gentils mais... tellement peureux!

(Mes parents sont gentils mais...; 11)
Pour les jeunes de 10 ans et plus.

ISBN 978-2-89591-087-9

I. Rousseau, May, 1957- . II. Titre. III. Collection: Mes parents sont gentils mais...; 11.

PS8555.A554M47 2009   jC843'.54   C2009-940668-3
PS9555.A554M47 2009

Correction et révision: Annie Pronovost

Tous droits réservés
Dépôts légaux: 3e trimestre 2009
Bibliothèque nationale du Québec
Bibliothèque nationale du Canada

ISBN: 978-2-89591-087-9

© 2009 Les éditions FouLire inc.
4339, rue des Bécassines
Québec (Québec) G1G 1V5
CANADA
Téléphone: 418 628-4029
Sans frais depuis l'Amérique du Nord: 1 877 628-4029
Télécopie: 418 628-4801
info@foulire.com

Les éditions FouLire reconnaissent l'aide financière du gouvernement du Canada par l'entremise du Programme d'aide au développement de l'industrie de l'édition (PADIÉ) pour leurs activités d'édition. Elles remercient la Société de développement des entreprises culturelles du Québec (SODEC) pour son aide à l'édition et à la promotion.

Gouvernement du Québec – Programme de crédit d'impôt pour l'édition de livres – gestion SODEC.

Les éditions FouLire remercient également le Conseil des Arts du Canada de l'aide accordée à leur programme de publication.

100%

Imprimé avec de l'encre végétale sur du papier Rolland Enviro 100, contenant 100% de fibres recyclées postconsommation, certifié Éco-Logo, procédé sans chlore et fabriqué à partir d'énergie biogaz.

IMPRIMÉ AU CANADA/PRINTED IN CANADA

REYNALD CANTIN

Mes parents sont gentils mais...

TELLEMENT PEUREUX !

Illustrations
May Rousseau

Roman

À Marielle,
pour son courage

1
Just'un!

À vélo, pas de casque et les oreilles sifflantes dans le vent d'automne, je file à l'école. De la rue, je bondis sur le trottoir, puis je fonce dans le parc, à la recherche de tous les monticules à sauter. Si mes parents me voyaient, ils tomberaient dans les pommes. Ils sont tellement peureux.

Il faut comprendre. Ils n'ont qu'un seul enfant. Un garçon...

Moi!

Pourquoi n'ont-ils pas eu d'autres enfants?

Quand j'étais petit, je leur ai trop fait peur. Tellement qu'ils ont décidé de ne pas vivre ça deux fois. C'est ainsi que je suis resté fils unique.

Pourtant, j'étais un petit gars normal. Trop vivant, peut-être. Mais peut-on reprocher à un enfant d'être vivant ? On les fait pour ça, non ?

Encore aujourd'hui, alors que j'ai 13 ans et demi, je leur donne la frousse au moins une fois par semaine. Je suis plus vivant que jamais… surtout ce matin, dans le parc, que je traverse à une vitesse folle.

Je pédale comme un forcené parce qu'hier, une nouvelle fille est arrivée dans ma classe. À cause d'elle, je slalome entre les arbres et je laboure la terre avec mes pneus. Je n'ai jamais tracé d'aussi belles courbes. Propulsé vers mon école où je vais « la » revoir tantôt, je m'envole et mon vélo se cabre. Ma roue avant ne touche plus le sol. Je deviens dangereux!

Soudain, je repense à mes parents et je retombe sur mes deux roues. D'un solide coup de frein, je m'immobilise devant l'école.

Il faut comprendre leur frousse: ils m'aiment! Le problème, c'est que plus ils m'aiment, plus ils ont peur... et plus ils ont peur, plus ils m'aiment. Cette spirale infernale commence à m'inquiéter.

Ah oui! J'oubliais. Je m'appelle Justin. À cause du fils d'un ancien premier ministre du Canada. Mais cela n'a pas d'importance. L'important, c'est que mon destin est inscrit dans mon nom. Par exemple, quand mes parents me voient approcher de mon vélo, j'ai toujours l'impression d'entendre:

«Just'un! Just'un! Ton casque!»

Just'un ! Tu parles ! Si ça continue, ils vont mourir de peur à cause de moi. Je ne suis tout de même pas pour cesser d'être vivant…

Autant crever !

Immobilisé sur le trottoir, je guette l'arrivée de la « nouvelle ».

À son sujet, je ne peux pas vous en dire tellement pour l'instant : elle ne sait même pas que j'existe. En attendant, par contre, je peux vous parler de mon casque de vélo, celui que mes parents m'obligent à porter, super sécuritaire et tout et tout.

Deux mots suffisent :

« Je l'ha-ïs ! »

Les courroies sont trop larges. Elles appuient sur ma pomme d'Adam. En plus, mes grandes oreilles sortent par les deux triangles qu'elles forment de chaque côté de ma tête, comme pour les mettre encore plus en évidence.

Mon casque, « je l'ha-ïs ! » et je le porte le moins possible. Avec des élastiques, j'ai mis au point un système qui permet de le fixer au guidon. On dirait le réservoir à essence d'une moto. Résultat : je me sens l'âme d'un motard et je deviens encore plus dangereux.

Mais pour l'instant, ce n'est pas mon casque qui importe. C'est la nouvelle ! Voilà pourquoi je me trouve là, aux aguets, les oreilles grandes ouvertes de chaque côté de ma tête. On dirait que j'écoute l'école plus que je ne la regarde.

Bon, vous l'avez noté : j'ai de grandes oreilles. Enfin, pas si grandes, mais nettement plus grandes que la moyenne. Je ne sais pas d'où ça vient. Mes parents ont des oreilles normales.

Mais chaque fois que je les entends crier «*Just'un!*», on dirait que mes pavillons se raidissent. C'est peut-être comme ça qu'elles ont grandi au fil des années.

Je n'ai aucun complexe à cause de mes oreilles. J'ai même acquis, grâce à elles, un certain sens de l'humour. Par exemple, quand ma mère trouve que je vais trop vite à vélo, je réponds:

– Pas d'danger! T'as vu les freins que j'ai de chaque côté d'la tête? Imagine la résistance au vent!

Et là, ce matin, devant mon école, une nouvelle sensation anime mes oreilles. On dirait qu'elles palpitent. Entre les

deux s'est installée une question oppressante : comment la nouvelle va-t-elle les trouver ?

Mes oreilles, je veux dire.

Bien sûr, elle va les trouver. C'est même la première chose qu'elle va trouver en me voyant. Mais comment va-t-elle réagir ? À cette pensée, je mets mon casque et me regarde dans le rétroviseur de mon vélo...

Rien à faire ! « Elles » pointent à travers ma crinière blonde rabattue par le casque et les courroies. Pas de doute, mon nom me va à merveille. *Just'un !* Je suis vraiment unique.

Mais la nouvelle aussi est unique, vous saurez. D'abord à cause de son prénom... Anémone !

Oui, oui ! Elle s'appelle Anémone !

En plus, imaginez-vous qu'elle est noire.

Vraiment très noire.

2

Torticolis pour Anémone

Peut-être à cause de la face que j'ai vue ce matin dans mon rétroviseur, je me suis arrangé toute la journée pour qu'Anémone ne me remarque pas. Je ne me sentais pas prêt à l'« affronter », si vous voyez ce que je veux dire.

J'ai décidé de rester discret.

Dans mon cas, rester discret consiste à être toujours… de profil ! En effet, vues de côté, mes oreilles paraissent normales. Je le sais, j'ai vérifié. C'est de face qu'elles se déploient. Et c'est assez spectaculaire pour quelqu'un qui ne s'y attend pas.

Je vous avoue cependant que ça a été plutôt compliqué de toujours présenter mon profil à Anémone. Il fallait sans cesse que je la guette du coin de l'œil. Pas question de la perdre de vue : elle aurait pu se retrouver derrière moi. Dans mon cas, ç'aurait été la catastrophe. Mes oreilles de dos, c'est quelque chose !

Ça aussi, j'ai vérifié.

Le plus difficile, c'était de conserver un air naturel. Pas facile, avec le corps raide et jamais les oreilles molles ! Je vous le dis, j'ai passé ma journée à marcher en Égyptien. En plus, je me suis fait un torticolis.

Laissez-moi vous raconter ça.

Une fois, pour éviter qu'Anémone me voie de face, je me suis retrouvé nez à nez avec un mur de corridor. Pas loin de moi, elle me fixait. Je ne pouvais plus bouger ! Seule issue : faire demi-tour et espérer que mes oreilles seraient plus rapides que son œil.

Pendant un moment, j'ai fait semblant d'examiner une fissure dans le mur en espérant qu'Anémone s'éloignerait. Mais non. Je sentais qu'elle était toujours là. C'est alors que j'ai exécuté mon fulgurant pivot…

Craquement dans ma nuque!

«Ayoye!»

Torticolis!

La tête de côté, une oreille plus haute que l'autre, piteux, j'ai filé dans la direction opposée. Heureusement, devant moi, il y avait une porte par laquelle disparaître.

Le reste de la journée, j'ai fui Anémone.

Rude journée! Heureusement que j'ai un nez d'une longueur normale, sinon je n'aurais jamais su de quel côté donner de la tête.

À la fin des classes, j'ai un soupir de soulagement. Mes oreilles se détendent et je laisse sortir la vapeur. Je n'en reviens pas: toute la journée, j'ai eu peur! L'amour rendrait-il peureux? Dans ce cas, mes parents doivent s'aimer comme des fous.

Avec précaution, je remonte sur mon vélo et installe mon casque sur ma tête oblique. Je retraverse le parc. Avec mon torticolis, pas question de courir les monticules ni de faire du slalom. Cette fois, pour mon retour à la maison, je pédale prudemment, sur deux roues et crispé comme un débutant.

De l'autre côté du parc, je suis la piste cyclable le long des rues, à l'intérieur des petits poteaux. Avant d'arriver au dernier coin de rue, celui où d'habitude je ralentis et remets mon casque, j'aperçois ma mère au loin. Elle m'attend devant chez nous, les jumelles braquées sur moi.

Tranquillement, je fais mon arrêt obligatoire complet, regarde des deux côtés en tournant tout le corps, traverse la rue, puis me dirige droit dans les jumelles. Je tente de redresser l'angle de ma tête en inclinant les épaules dans l'autre sens. Mais quand ma mère abaisse ses jumelles, je lis toute la stupeur sur son visage:

«Just'un!»

Ça y est! Elle a ouvert son cellulaire pour appeler l'ambulance! Sur mon vélo, je dresse l'oreille – façon de parler – pour entendre ce qu'elle dit... Non, elle appelle mon père:

– Alfred! Rentre à la maison. Il s'est cassé le cou!

– Non, m'man! je hurle.

À mon cri, elle sursaute et échappe son téléphone, qui se fracasse sur le trottoir.

Affolée, elle me regarde descendre de mon vélo. Autour de moi, ses mains tremblent sans me toucher, prêtes à me soutenir si je fais mine de tomber. Fébrile, elle me suit jusque dans la cour arrière. Là, elle saisit mon bras pour m'aider à gravir l'escalier de la maison.

– Qu'est-ce qui t'est arrivé, mon petit? T'as la tête toute croche!

– Lâche-moi, m'man. J'ai rien!

Mais en secouant mon bras pour me dégager, j'empire mon torticolis.

– Aïe! je lance en grimaçant.

À mon cri, ma mère feint de perdre connaissance dans l'escalier. J'attrape son bras. Très vite, comme toujours, ses yeux révulsés reprennent leur place en face des trous. Saisissant le garde-fou de la galerie, elle reprend conscience. Je connais la scène par cœur.

– Just'un, tu vas me faire mourir avec tes acrobaties en vélo.

– J'étais pas en vélo, m'man, j'étais à l'école…

– À l'école! Qui t'a fait ça?

– Une fille…

– Tu te bats avec les filles, maintenant?

23

Elle a vraiment beaucoup d'imagination, la peur de ma mère.

– J'me suis pas battu, m'man. On jouait.

– Peux-tu me dire à quel jeu tu jouais avec une... fille ?

Il me faut vite calmer le jeu.

– On faisait des mots croisés, je déclare sans trop y penser.

– Tu t'es fait un torticolis en faisant des mots croisés avec une fille !

Et je m'enfonce :

– On était en français. Tous les deux, on faisait équipe à sa table, près d'une fenêtre ouverte. Elle était assise devant les mots croisés. Moi, je me tordais le cou pour lire les définitions. La porte de la classe était ouverte et ça faisait un courant d'air... juste sur ma nuque. Voilà !

Visiblement incrédule, ma mère me regarde de travers. Moi aussi… à cause de mon torticolis. Finalement, on entre dans la maison.

– Je prendrais bien une collation, m'man, je dis dans la cuisine.

– Oui, oui, Just'un, tout de suite.

Cette gentillesse soudaine aurait dû me mettre la puce aux deux oreilles. L'air de rien, elle m'invite à m'asseoir à table et me sert un verre de lait avec mes biscuits préférés. Puis, alors que je me délecte, elle lance :

– Comment elle s'appelle, la fille des mots croisés ?

– Anémone, je réponds, la bouche pleine. C'est bizarre comme nom, hein ?

– En effet ! Surtout qu'il n'y a pas d'Anémone dans ta classe !

Ma mère est au courant de tout dans ma vie. Je ne peux rien lui cacher… enfin, presque rien. Je dois tout lui expliquer. Mais la vérité, ça lui fait peur. Les mensonges aussi, d'ailleurs. C'est embêtant. Je marche toujours sur des œufs. Finalement, je risque :

– C'est une nouvelle.

– Une nouvelle… vraiment ? Et elle s'appelle Anémone ? Quelle coïncidence !

– Pourquoi tu dis ça ?

– Je t'expliquerai ça quand tu seras grand.

– Hier, le prof lui a demandé de se présenter à la classe. Elle nous a dit que son père enseignait les percussions et qu'elle venait de très loin…

– C'est tout ?

– Elle est noire.

– Noire ? Tu veux dire ses cheveux ?

– Oui, mais pas seulement ses cheveux.

– Ses yeux ?

– Oui, ses yeux aussi sont noirs. Mais c'est surtout sa peau...

– Tu veux dire qu'elle est très bronzée ?

– Oui, très bronzée.

– Tu me caches quelque chose, là, Just'un.

– Anémone est noire de peau. Voilà !

– Noire de peau ! Jusqu'à quel point ?

– Le maximum, m'man... noire, noire... très foncée... partout...

– Partout ?

– Ben... euh... je sais pas... je suppose qu'elle est noire partout. En tout cas, son visage est noir... et très joli.

– Ah ! ah ! Tu la trouves jolie !

Au même instant, un cri strident de pneus se fait entendre devant la maison. Ma mère sursaute et blêmit. Au bord de l'évanouissement, elle s'appuie sur le frigo. Comme tantôt dans l'escalier, au bout d'un moment son regard reprend sa place.

– On vient d'écraser quelqu'un! balbutie-t-elle.

Au même instant, mon père surgit dans la pièce. Je tourne la tête et... *crac!* je me replace le cou. Plus de torticolis!

Mais il fonce sur moi!

– Just'un! T'as le cou cassé?

– Non, non, p'pa.

– Pauline! Dis quelque chose! lance-t-il en se retournant vers ma mère.

– Je n'ai rien, je vous dis. Regardez.

Je fais pivoter ma tête dans tous les sens pour bien montrer que ça va mieux. Avec mes oreilles, je dessine de jolies arabesques dans l'air tendu de la cuisine. Rien à faire. Ils ne me voient pas.

– Alfred ! Tu as entendu ça, dehors ? demande ma mère.

– T'inquiète pas, mon amour, c'était moi.

– Toi !

– Après ton appel, je suis venu à toute vitesse…

– À toute vitesse ? Mais t'es fou !

– Tu m'as dit que Just'un s'était cassé le cou et j'ai entendu *Crac !* dans le téléphone. Puis plus rien. Ça m'a donné une de ces frousses. J'ai filé du bureau comme une balle.

– Une balle ! T'aurais pu te tuer !

– Je sais, mais je voyais juste notre petit Just'un la nuque brisée. J'ai oublié d'avoir peur.

– T'as oublié d'avoir peur ! C'est très dangereux, ça.

– C'est terminé, Pauline. J'ai peur, maintenant.

– Trop tard.

– Mais Just'un s'est cassé le cou !

– Non, Alfred… c'est pire !

– Pire ?

– Oui, pire… une fille… une nouvelle à l'école… elle lui a fait tourner la tête !

Là, je ne peux pas dire le contraire.

– Comprends-tu, Alfred ? C'est épouvantable ! Notre petit Just'un… il est tombé amoureux !

– Hein ?

– En faisant des mots croisés à part ça ! Il la trouvait tellement jolie qu'il s'est fait un torticolis, juste pour la regarder dans le blanc des yeux.

– Vraiment ?

– Et elle s'appelle Anémone par-dessus le marché !

Se tournant vers moi, elle explose :

– Just'un ! Sais-tu au moins c'est quoi, une anémone ?

– Ben, euh… une fleur ?

– Peut-être, mais c'est aussi un animal marin… CAR-NI-VORE !

– As-tu peur que je me fasse manger ?

– Non… que tu te fasses empoi-sonner !

– Empoisonner ?

– Oui, mon fils ! Les anémones de mer sont venimeuses, tu sauras. Elles donnent de l'urticaire !

– Je me gratterai !

– Ne te moque pas. Les prénoms, c'est toujours un signe. C'est écrit dans les revues.

Là, franchement, c'est trop ! J'en ai jusqu'aux oreilles ! Et je disparais en claquant la porte de ma chambre. Demain, c'est décidé, je fonce…

À nous deux, Anémone !

Ce sera le face-à-face.

3
Oui, mais c'est une fille !

Les oreilles au vent, je file à l'école. La bombe de mon casque sur le guidon, je fonce dans le parc, à la recherche de tous les monticules à sauter. Je slalome entre les arbres en traçant de belles courbes. Anémone est là-bas, droit devant, sur le trottoir au bout du parc. Elle m'attend ! La roue avant de mon vélo ne touche plus terre. Plus que vingt mètres... dix... Retombant sur mes deux roues, je m'incline et freine violemment, soulevant une gerbe de terre qui s'étale à ses pieds.

Silencieux, je dépose mon vélo et je me relève, bien en face d'elle. Ses yeux me regardent dans les yeux. De chaque côté de ma tête, mes oreilles se déploient dans toute leur magnificence. Elles irradient, presque lumineuses, rayonnantes de bonheur...

Toc, toc!

– Just'un!

Brutalement ramené dans ma chambre, je sursaute, les oreilles pointées.

– Just'un! Réponds-moi. Tu es là?

C'est ma mère.

– Non, j'suis pas là!

– N'essaie pas de me faire peur. Je sais que tu es là.

– Laisse-moi. J'suis pas tout seul.

– Quoi?

– J'suis avec Anémone.

– Alfred! As-tu entendu ça?

– Je plaisante, m'man. C'est une farce.

– Arrête tes farces plates, Just'un! intervient mon père de l'autre côté de la porte. Tu vas faire mourir ta mère. Viens souper. C'est prêt.

– J'ai pas faim.

– Ça y est, il est malade! s'exclame ma mère. Une empoisonneuse, cette Anémone! Je le savais.

– Calme-toi, Pauline, avec cette Anémone. On ne la connaît même pas. C'est peut-être une fille gentille.

– Oui, mais c'est une fille! objecte ma mère. Et une fille qui vient de l'autre bout du monde! Just'un est amoureux. Tu n'as pas l'air de comprendre les conséquences de tout ça, Alfred.

– Attends au moins de la rencontrer. Just'un va certainement nous la présenter.

– Nous la présenter ! s'exclame ma mère. Tu veux rire ? Notre fils est beaucoup trop jeune pour nous présenter une fille.

– Voyons, Pauline, ce n'est plus un bébé.

– Il a 13 ans, Alfred ! 13 ans !

– 13 ans et demi ! je crie de ma chambre, excédé.

Je n'en crois pas mes oreilles. D'ailleurs, si vous les voyiez, vous ne les croiriez pas non plus. Pas mes oreilles, mes parents ! Je ne peux pas les laisser continuer comme ça.

J'ouvre la porte de ma chambre et m'avance dans la cuisine… mais la scène qui se présente à moi freine mon élan.

Mon père est en train de rassurer ma mère en lui donnant de petites tapes dans le dos pendant qu'elle pose sur moi ses grands yeux suppliants.

Leur posture est parfaite pour me faire fondre. Voyant ma détermination s'affaisser, ma mère esquisse un sourire. Mon père me regarde, m'implorant de dire un mot gentil pour rassurer sa pauvre Pauline. Mon courage achève de se liquéfier. Je cède.

– J'ai faim!

Ces mots magiques ne ratent jamais. Mon appétit les sécurise à tout coup. À l'instant même, toute peur s'efface de leur visage. Ils s'affairent déjà à me servir à souper. Je suis traité aux petits oignons.

– La soupe n'est pas trop chaude, j'espère...

– Tu peux ajouter un peu de sel si tu veux, mais pas trop, hein?

Je les laisse parler et j'entame le mets principal.

– C'est pas trop cuit?

– Vous inquiétez pas. Tout est parfait.

J'ai toujours bon appétit. Heureusement, d'ailleurs, car je suis plutôt maigre : ça leur évite de redouter l'anorexie. De toute façon, après mes escapades à vélo, je rentre toujours avec une faim de loup. Ceux qui croient que «ventre affamé n'a pas d'oreilles», je les invite à venir me voir manger. Mais attention, je ne dois pas manger trop vite non plus ! Mes parents pourraient craindre la boulimie...

C'est que, voyez-vous, ils sont très informés !

Tellement informés !

Les revues, les journaux... ils lisent tout ce qui peut les inquiéter et leur révéler les risques terribles que je cours dans la vie. Ils veulent me protéger contre les innombrables menaces qui pèsent sur moi en cette folle époque moderne ! Ils écoutent les nouvelles à la radio et à la télé, ils naviguent sur Internet à l'affût du moindre avertissement qu'un nouveau danger me guette. Et pour moi, tout ce fouillis d'informations se transforme immanquablement en conseils et en recommandations… avec lesquels ils me rebattent les oreilles…

Vous connaissez le résultat.

Oui, depuis ma tendre enfance, je vis dans le château fort que mes parents ont édifié autour de moi. Une vraie prison. La première année de ma vie, je l'ai vécue enfermé dans un parc haute sécurité d'un mètre carré… et barricadé de tous les côtés.

Vous avez bien lu: «barricadé»!

Imaginez-vous que mes parents avaient ajouté des matelas latéraux à l'intérieur du parc, sur les quatre côtés, parce qu'à sept mois, je m'étais coincé la tête entre les barreaux. En m'extirpant de là, ils avaient failli m'arracher les oreilles. C'est ma tante Rita qui m'a tout raconté. Trois mois plus tard, je me suis servi de ces matelas comme d'une échelle et j'ai basculé par-dessus les barreaux. Le bruit de ma tête contre le plancher de bois franc résonne encore dans celle de mes parents, j'en suis certain.

C'est peut-être ce jour-là que mes oreilles ont commencé à se raidir.

Évidemment, papa a acheté un autre parc super sécuritaire, classé numéro 1 par le magazine *Protégez-vous*, et il a placé les matelas par terre, à l'extérieur, pour amortir ma chute au cas où je basculerais encore. La nuit même, m'ayant entendu geindre «parce que j'avais un terrible cauchemar», ma mère s'est levée et s'est pris les pieds dans les matelas...

Et elle s'est cassé le nez sur le rebord du parc!

Puis, s'intensifiant avec le temps, cette peur est devenue carrément dangereuse. Par exemple, ma tante Rita m'a raconté le jour où ils ont acheté une piscine. J'avais à peine deux ans. Mes parents m'ont bardé de flotteurs. J'en avais partout: autour du corps, autour des bras, autour des jambes... même autour du cou. J'avais les oreilles pliées par en avant. Quand ils m'ont mis à l'eau, j'ai basculé à l'envers. La tête en bas, j'ai failli me noyer. Mes parents étaient paralysés. C'est ma tante Rita qui m'a sorti par un pied.

Finalement, après de longues discussions, mes parents ont rééquilibré le système de flotteurs pour que je flotte à l'endroit. Après quelques heures d'essais à sec, ils m'ont remis à l'eau. J'avais la moitié du corps au-dessus de la surface...

Avec un gyrophare sur la tête, j'aurais pu servir de phare aux bateaux.

Voilà. Mes parents s'informent pour se rassurer et, finalement, cela ne sert qu'à les inquiéter davantage. Plus ils écoutent les nouvelles, plus ils ont peur. Et plus ils ont peur, plus ils écoutent les nouvelles. Et moi, petit Justin de banlieue, pendant que les journalistes se font des cotes d'écoute, je deviens la victime de ce bourrage de crâne. Je n'arrive plus à vivre...

Sauf si je mens ou si je désobéis !

Et pour Anémone, c'est garanti, je désobéirai et mentirai s'il le faut. C'est la décision que je prends en achevant mon souper.

Anémone, une carnivore venimeuse ! Non, mais, il y a des limites ! Je mange avec rage. Je dévore mon dessert. J'engouffre mon verre de lait...

– Just'un ! Tu vas t'étouffer !

Je ne les écoute même plus et je demande :

– Dis-moi donc, m'man, où t'as pris ça, toutes ces histoires au sujet des anémones ?

Pauline regarde Alfred, qui lui fait signe qu'elle peut parler.

– Eh bien, maintenant que tu es assez grand pour comprendre, je vais te raconter... Quand j'étais enceinte de toi, j'ai fait une recherche sur les anémones.

– Quoi ! Tu savais que j'allais rencontrer une Anémone 13 ans plus tard ?

– Non, non. C'est le prénom qu'on avait prévu pour toi...

– J'ai failli m'appeler Anémone !

– Oui... enfin... si tu avais été une fille.

Ouf !

– Dans les années 1990, poursuit ma mère, c'était un prénom très populaire. Il représentait une jolie fleur… en plus d'un beau personnage de la mythologie grecque. Mais quand j'ai vu que l'anémone était aussi un animal répugnant, j'ai eu peur.

Bien sûr.

– J'ai eu peur que ce soit un mauvais présage pour toi… enfin, si tu avais été une fille. Alors, Alfred et moi, on a opté pour Blanche. C'était plus prudent.

Je suis vraiment content d'être un gars.

– Finalement, ton prénom, poursuit ma mère, intarissable, on l'a choisi à cause du fils de…

– Oui, oui, je sais, m'man, le fils de Pierre-Elliott Trudeau…

– Trudeau, m'interrompt mon père en levant le doigt, a protégé notre belle province contre les terroristes du FLQ avec sa loi sur les mesures de guerre, tu sauras, mon fils. C'était à la fin des années 1960. L'armée est venue et tout est rentré dans l'ordre.

Me croyant impressionné par un tel discours, il renchérit:

– Les terroristes, sais-tu au moins ce que c'est, Just'un? Le 11 septembre 2001...

– Oui, p'pa, les terroristes, c'est terrible, ça pose des bombes dans les écoles... ça enlève les enfants...

– Just'un! Parle pas comme ça devant ta mère!

– Je m'excuse, p'pa, mais j'avais six ans en 2001. Et dans le temps du FLQ, vous n'étiez même pas nés, toi pis m'man. En tout cas, moi, j'ai pas envie d'avoir peur des terroristes. Non, moi, j'pense que ça donne rien d'avoir peur! Je trouve même que c'est dangereux d'avoir tout le temps peur!

J'ai presque crié les derniers mots.

Dans la bouche bée de mon père, tout comme dans les yeux éberlués de ma mère, le silence est total. Ils sont soufflés.

Sans réfléchir, j'ajoute :

– Demain, j'invite Anémone à souper et je vous la présente !

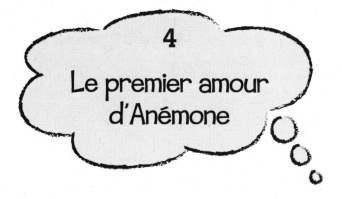

4
Le premier amour d'Anémone

Cette fois, j'ai refermé doucement la porte de ma chambre, laissant mes parents seuls dans la cuisine... et dans leur stupeur. Je m'assois sur mon lit afin de reprendre mon souffle.

Qu'est-ce que je viens de dire là ? Inviter Anémone à souper. Tu parles d'une idée !

Je laisse passer un long moment. Dans la cuisine, pas un bruit. J'ai beau tendre l'oreille, puis l'autre... pas un bruit, pas une parole.

Ils ont peut-être perdu connaissance.

Envahi par une crainte sans doute inutile, je me lève pour aller vérifier, espérant qu'ils oublient que les murs ont des oreilles. M'approchant de la cloison, j'entends une douce musique s'élever, une musique planante, genre *nouvel âge*. Je sens aussi une légère odeur, comme un parfum exotique.

Cette musique et cette odeur, je les connais bien. C'est une combinaison savante que mes parents utilisent parfois pour se calmer. Une sorte de recette contre la peur prise dans une revue ésotérique. L'emploient-ils pour s'apaiser eux-mêmes ou pour m'apaiser, moi? Ça, je l'ignore. En tout cas, mes parents sont encore vivants et je peux retourner à mes pensées... ou plutôt, à ma seule pensée:

Anémone!

Me rappelant les paroles de ma mère, je me dirige vers mon ordinateur… *Google*… *Recherche avancée*… «mythologie grecque»…

Et je découvre l'incroyable légende d'Anémone, née de l'amour tragique de Vénus pour Adonis, dont le sang versé donna à cette fleur solitaire sa couleur vive qui attire tant le regard. Éphémère, l'anémone illustre la générosité de la vie autant que sa fragilité, ce qui lui vaut son nom qui, en grec, signifie «vent».

On dit que Zéphyr s'en est épris.

Il n'est pas le seul!

Je ne m'appelle pas Zéphyr, c'est vrai – remarquez que ça aurait pu –, et avec les oreilles que j'ai, je suis loin d'être un Adonis. Mais je m'en moque car, dans le reflet de mon écran, un sourire heureux se dessine sur mes lèvres. J'ai l'impression qu'il me pousse des ailes de chaque côté de la tête.

Demain, Anémone soupe chez nous, c'est décidé!

J'ai dormi sur mes deux oreilles. Couché sur le dos et la tête bien enfoncée dans l'oreiller, j'ai rêvé à Anémone planant au plafond de ma chambre. Je suis allé la rejoindre et j'ai fait de magnifiques rêves aériens. Et ce matin, vendredi, pour de vrai, je plane entre les arbres du parc. Les oreilles en ailes d'avion, je file sur deux roues, droit vers l'école. Mon plan est simple: j'affronte Anémone!

Autrement dit, je lui présente mon profil de face!

Au déjeuner, avant mon départ, il n'y a pas eu beaucoup de paroles. Si une mouche avait pu survivre dans la cuisine aseptisée de ma mère, je l'aurais entendue voler.

J'ai aussi l'oreille fine.

Aidé d'un verre de lait de soya au cacao, j'achevais difficilement d'avaler ma rôtie au blé entier tartinée au beurre de sésame lorsque mon père m'a annoncé:

– Hier soir, ta mère et moi, on a discuté et on s'est mis d'accord au sujet de ton Anémone.

Aussitôt, mes maxillaires se sont immobilisés. Voyant que j'étais tout ouïe, mon père a poursuivi:

– Pauline et moi, nous serions heureux de recevoir Anémone pour souper ce soir...

– Mais seulement si ses parents sont d'accord! a précisé ma mère, en appuyant bien sur chaque mot.

Je pédale droit au but. Devant moi, les arbres du parc s'écartent comme des rideaux de scène sur le décor où va se jouer le deuxième acte. L'école!

Je saute à terre, je gare et cadenasse mon vélo sur le support métallique. Déjà, je charge l'école avec mon casque sous le bras, tel un ballon de football. Bruyamment, je le jette au fond de mon casier, puis je file vers le gymnase pour la première période de la journée: éducation physique.

«Basketball!» a annoncé le prof au dernier cours.

Je suis super bon au basket! Anémone va être impressionnée.

Dans le corridor, les gars se cha-
maillent en attendant le début du
cours. Je reste un peu à l'écart, le cœur
battant et l'esprit rêveur. Les filles
attendent à une autre porte, de l'autre
côté du gymnase.

– Justin! T'en fais, une tête! me
lance quelqu'un.

Devenu dur d'oreille, je ne pense
qu'aux mots magiques qui vont faire
de moi un héros aux yeux d'Anémone:
dunk… lay up… jump shot… et l'extra-
ordinaire *swish!* que fait le ballon
quand il secoue le filet sans toucher
le cerceau. Il y a aussi le spectaculaire
sky hook qui me fait rêver… peut-être
à cause du mot *sky…* le ciel! Là où
souffle le vent… Là où Anémone et moi
allons enfin nous rencontrer…

Soudain, une main se pose sur mon
épaule, éteignant mon rêve.

– Justin, on t'attend.

À ces mots abrupts de mon prof, je redescends sur terre et j'entre dans le gymnase. Aussitôt, mes yeux s'arrêtent sur une forme féminine qui se déplace gracieusement, à l'autre bout de l'espace. C'est elle! Dans un maillot rouge comme la fleur dont elle porte le nom, elle s'approche des autres filles. Son sourire est aussi blanc que sa peau est noire...

Mais cette charmante vision est interrompue par le sifflet strident du prof qui nous invite à venir le rejoindre au centre du terrain et à former un cercle autour de lui pour écouter les consignes.

Le hasard fait que je me retrouve en face d'Anémone, mais avec le prof entre nous deux. Je n'écoute pas les consignes. Par moments, je me penche de côté, pointant le nez – et une oreille – afin d'observer Anémone, qui n'a d'yeux que pour le prof. On dirait qu'elle le trouve beau. Je n'aime pas ça.

Finalement, je comprends qu'on ne jouera pas ensemble. Le prof tient deux ballons. Mes fantasmes d'exploits à la Michael Jordan s'évanouissent à l'instant. Les filles vont jouer à un bout du gymnase, sur les paniers latéraux... et nous, à l'autre bout.

Avant qu'on se sépare, l'enseignant nous présente sa stagiaire, qui s'était jusque-là tenue à l'écart.

– Voici Nathalie. C'est elle qui va arbitrer la partie des gars, explique-t-il. Et moi, celle des filles. Allez, tout le monde! Au jeu!

Déjà, Anémone me tourne le dos et s'éloigne avec les filles.

Décidément, le mythe se confirme...

Éphémère comme le vent!

À l'autre bout du gymnase, les filles n'arrêtent pas de crier. Chaque fois que je me retourne, c'est pour les voir sauter, piailler et taper dans les mains d'Anémone qui vient de réussir un panier. Distrait, je reçois par deux fois le ballon sur le côté de la tête. Si ça continue, je vais me retrouver avec deux anémones en guise d'oreilles.

Là-bas, ma blonde est devenue la vedette. Euh… enfin… si je dis *ma blonde*, c'est une façon de parler, bien entendu. Anémone n'est pas ma blonde. Surtout avec les cheveux qu'elle a…

Et *bang!* Je reçois une passe derrière la tête.

Échauffées, mes oreilles se retournent, furibondes. Je m'empare du ballon et plonge tête baissée dans la partie. Je dribble comme un as, zigzague entre les adversaires, me faufile en zone adverse. Après quelques feintes géniales suivies d'un pivot inattendu, j'exécute un super *jump shot* et… *swish*! Panier!

Retournant à la défensive, fier de moi, je jette un regard du côté des filles. Anémone ne m'a pas vu et, au moment où je l'aperçois, un grand silence se crée dans le gymnase et dans ma tête. Tout se déroule soudain au ralenti, comme si on se retrouvait sous l'eau, et je la vois traverser le terrain de l'adversaire en deux longues enjambées, portant le ballon dans les airs d'une seule main, de plus en plus haut devant elle, et achevant son envol en un *sky hook* vertigineux suivi d'un solide *dunk*.

Je reste pantois.

Anémone se balance, accrochée au cerceau du panier. Puis elle se laisse tomber et le son revient dans le gymnase… et les cris… et le rythme normal des choses…

– ATTENTION!

Je me retourne et *paf!* En pleine poire, le ballon! Mon nez et mes cheveux explosent sous l'impact et tout le gymnase s'éteint d'un coup. Mes pensées, stoppées net, se volatilisent dans une nuit constellée de pulsars et...

Excusez-moi, je ne suis plus là pour vous raconter ce qui m'arrive.

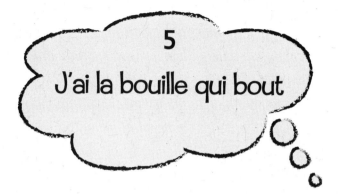

5
J'ai la bouille qui bout

Un millénaire plus tard, mes yeux s'ouvrent sur un visage auréolé de lumière... Anémone !

Comme la nuit passée, je rêve, bien entendu. Devant cette apparition trop éblouissante pour être vraie, j'ai le sourire fendu jusqu'aux oreilles, qui en deviennent le prolongement. Je m'abandonne à cette vision céleste. Flottant au-dessus de moi, Anémone me regarde... Mais, peu à peu, sa tête se transforme. Son visage pâlit et se métamorphose...

La stagiaire!

Encore couché sur le plancher du gymnase, je comprends qu'il ne s'est écoulé que quelques secondes depuis l'explosion de ma tête.

– Comment tu t'appelles? me demande Nathalie.

– Euh…

– Eudes?

– Non… euh… je n'…

– Eugène? Écoute, Eugène, ne bouge pas, on va te…

S'interpose alors la voix calme du prof.

– Ce n'est pas Eugène, c'est Justin.

Puis, s'adressant à moi:

– Ça va, Justin? Comment te sens-tu?

Je fais mine de me relever.

– Reste couché, m'enjoint-il fermement. Je dois d'abord vérifier certaines choses. Peux-tu bouger tes orteils ?...

– Mes oreilles ?

– Non, tes OR-TEILS !

Je fais remuer le bout de mes espadrilles. Puis, tour à tour, le prof me demande de bouger les chevilles, les genoux, les doigts, les poignets, les coudes, les épaules et finalement le cou. Pas de problème. Tout fonctionne bien. L'envie me vient de lui montrer comment je peux faire bouger mon cuir chevelu en synchronisme avec mes oreilles. Mais je garde ça pour faire rire les copains.

Avec son aide, je me relève pour découvrir que le seul problème, finalement, c'est mon nez. C'est en plein sur mon pif que le ballon a fait *paf !* Il a tout absorbé, le pauvre. Réduit en compote, il n'est plus, me semble-t-il, qu'un amas informe écrasé au milieu de ma face. Autour, mon menton, mes joues, mes yeux et mon front chauffent comme une tarte au four. Comme une tarte aussi, tout mon visage semble s'être aplati. Avec les oreilles que j'ai, ça ne doit pas être beau à voir. Je veux m'enfuir du gymnase, mais le prof me retient par le bras.

– Ne cours pas, Justin! Tu as eu une légère commotion. Rends-toi lentement à l'infirmerie. Nathalie va t'accompagner.

Et je quitte le gymnase en me cachant le visage et en tournant le dos à tout le monde...

Surtout à Anémone.

Au bout d'interminables corridors, Nathalie me confie à l'infirmière.

– Il s'appelle Justin, précise-t-elle avant de s'en aller. Il a reçu un ballon en pleine face.

– Je vois.

Quelle perspicacité, ces deux-là ! Ça doit pourtant se voir comme le nez au milieu du visage, que j'ai reçu une bombe en pleine poire.

L'infirmière se penche pour m'examiner la bouille. Enfin, le verdict tombe :

– Légère tuméfaction.

– Hein ?

– Ça commence à enfler.

La tarte se transforme en soufflé. Bravo !

– Deux ecchymoses se dessinent sous les yeux, ajoute-t-elle.

– Pardon ?

– Tu vas te retrouver avec deux yeux au beurre noir.

63

Jolie pâtisserie!

– C'est tout? je demande.

– Oui, c'est tout. Rien de grave. Un peu de repos et quelques compresses froides suffiront. Étends-toi là.

Me prenant par le bras, elle m'accompagne vers un lit étroit collé à un mur. Elle m'aide à me coucher.

– Tu as perdu connaissance? me demande-t-elle ensuite.

– J'ai vu des étoiles, j'pense. Mais pas longtemps.

– Je vais te préparer une compresse.

Sur ces mots, elle disparaît et me revoilà seul avec ma pensée...

Anémone!

Mon plan est compromis. Avec une tronche pareille, plus question de faire face à la belle. Moi qui craignais que mes oreilles la rebutent, voilà que mon faciès entier se transforme en galette aux raisins... C'est décidé! Pour le reste de la journée, je me déguise en courant d'air. Je deviens le Zéphyr de la légende, ce vent du sud-ouest, si chaud et tellement amoureux de la mythique fleur pourpre...

Mes pensées sont alors interrompues par l'infirmière, qui revient avec deux débarbouillettes humides.

– Avec ça, je vais couvrir tes yeux, ton nez et tes joues. Ça va limiter les dégâts. Attention, c'est glacé.

Délicatement, elle étale les compresses sur les «dégâts». Le froid me saisit un peu, mais je ne bouge pas. Bientôt, je me détends pendant que l'infirmière poursuit:

– D'ici lundi, tu évites toute activité violente ou dangereuse… Tu m'entends, Justin?

– Oui, madame, je vous entends. Avec les oreilles que j'ai, pas de problème!

Elle a un petit rire. Un court silence s'ensuit. Cette réflexion l'a sans doute embarrassée. C'est souvent comme ça. Les adultes qui me voient pour la première fois n'osent jamais parler de mes oreilles. Ça les gêne trop. Pour détendre l'atmosphère, c'est moi, parfois, qui en parle le premier. Quand les gens ont le sens de l'humour, ça fonctionne plutôt bien.

Finalement, avec une voix plus légère, l'infirmière poursuit :

– Oui, Justin, je vois que tes oreilles sont grandes ouvertes.

Elle a le sens de l'humour.

– Alors, écoute-moi bien, poursuit-elle plus sérieusement. Il n'est pas question que tu reçoives un autre choc à la tête, compris ?

– Entendu. Pas de choc à la tête. Je mettrai mon casque.

– Et surtout, pas de vélo ! Repos total pendant trois jours. Au téléphone, j'ai tout raconté à tes parents.

Du coup, sous les débarbouillettes, je subis ma deuxième commotion cérébrale de la journée.

– Nooooonnn !

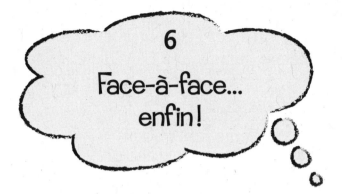

6

Face-à-face... enfin!

Bouillantes sous les compresses devenues chaudes, mes pensées cherchent désespérément une issue. Encore assommé par les dernières paroles de l'infirmière, je n'arrive à imaginer qu'une chose: mes parents en train de traverser la ville à tombeau ouvert afin de venir récupérer leur petit «Just'un». Déjà, je me vois dans ma chambre, la tête coincée dans les flotteurs de mon enfance et prisonnier dans mon parc de bébé...

Je dois agir, et vite!

L'infirmière est partie et la fin du premier cours sonne. Dans toute l'école, c'est le remue-ménage. J'enlève les compresses et...

Troisième commotion!

Anémone est penchée sur moi! Cette fois, c'est pour de vrai.

Acculé au matelas, j'étire un sourire au bas de mon faciès démoli. Dans sa physionomie, je devine l'embryon d'une grimace de dégoût. Malgré tout, je persiste à soulever les joues. Enfin, juste au moment où mon sourire va flancher, le visage d'Anémone se transforme. Il ne pâlit pas, non. Simplement, il s'adoucit.

Encouragé, j'en profite pour risquer quelques mots:

— J'ai reçu un ballon en pleine face.

— Ça se voit comme le nez au milieu du visage, me dit-elle en souriant.

Du coup, je me sens stupide. Il faut vite que je trouve quelque chose de plus brillant à dire, sinon elle va croire que je n'ai rien entre les deux oreilles. Mais elle est plus rapide que moi:

– Ma mère connaît sûrement un remède pour ça.

– Un remède pour quoi? je demande, craignant que ce soit pour le vide dans ma tête.

– Un remède pour tes bleus.

– J'ai des bleus, moi?

– Oui, deux... sous les yeux.

– Ah! Tu veux parler de mes ecchymoses!

Avec un mot savant, on se sent toujours moins bête.

– Ça fait mal? me demande-t-elle.

– Non, mais ça doit me faire une drôle de tête.

– C'est vrai que deux bleus au milieu d'une face toute rouge, ça surprend un peu.

Là, je voudrais que ma tête s'enfonce et disparaisse dans l'oreiller. Mais cet effort ne fait qu'étaler mes oreilles davantage. Heureusement, elle poursuit:

– C'est pas grave, Justin, ça va s'arranger.

– Tu connais mon nom?

– C'est le premier que j'ai appris en arrivant ici.

– Pourquoi moi?

– Je t'ai remarqué.

– C'est vrai que je suis assez remarquable.

– Oui, surtout quand tu marches en Égyptien. Hier, je me demandais pourquoi tu essayais toujours de m'éviter. Finalement, j'ai demandé au prof c'était quoi, le nom du p'tit blond avec les grandes... euh... avec les grandes mèches blondes.

– C'est vrai que j'ai les cheveux pas mal raides. T'as rien remarqué d'autre?

– Oui, bien sûr, tes oreilles... on peut pas les manquer.

C'est la première fois que quelqu'un parle de mes oreilles avant moi.

– T'as raison. La nature m'a pas manqué, côté oreilles.

– C'est une grande réussite. Elles sont parfaites. J'espère que t'as pas de complexe.

– J'attends plus tard pour faire un complexe... touristique. Je prévois deux pavillons et on viendra des quatre coins du monde pour les visiter. Tu pourrais t'occuper de la publicité.

– Inutile, objecte Anémone. Le bouche à oreille devrait suffire.

Elle ne manque pas de cran. Et elle en rajoute :

– Non, moi, je m'occuperais plutôt de la signalisation à l'intérieur, pour que les touristes retrouvent facilement la sortie.

À ces mots, sous le plafond blafard de l'infirmerie, nos rires éclatent et se déploient comme un feu d'artifice dont les étincelles s'éteignent doucement pour se transformer en sourire… puis en gêne. Vite, encore, je dois trouver quelque chose à dire.

– Viens souper chez nous, ce soir. Je t'invite. Il faut juste que tes parents soient d'accord… tu me téléphoneras après l'école.

Et je lui donne le numéro.

Sans cesser de me regarder dans les yeux au beurre noir, elle répète le numéro tout haut, pour bien s'en souvenir:

– 4, 1, 8...

Puis, tout en se penchant vers moi, elle continue:

– 6, 5, 4...

Comme dans un compte à rebours, son visage s'approche du mien...

– 3, 2, 1...

– Just'un!

– Ah!!!

Nous sursautons et la tête d'Anémone disparaît de mon champ de vision, immédiatement remplacée par celle de ma mère affolée.

– Just'un! Mon p'tit Just'un! T'as la figure comme une galette aux raisins!

– Bonjour, madame, prononce doucement Anémone, qui s'est retirée près de la porte de l'infirmerie.

Ma mère se redresse, puis se retourne.

– Je m'appelle Anémone. Je suis venue rendre visite à Justin. Il a reçu un ballon de basket en pleine figure. Mais tout va bien, maintenant.

Au même moment, dans l'école, la sonnerie annonce le début du prochain cours.

– Excusez-moi, je dois y aller, lance Anémone. Bonne journée, madame. On se revoit peut-être ce soir.

Et elle disparaît dans le corridor.

Éberluée, ma mère n'a pas bronché, mais elle oscille sur ses jambes. Va-t-elle perdre connaissance ? Ses yeux révulsés annoncent le pire. Je saute sur mes pieds et je la saisis par le bras. Aussitôt, son regard se stabilise. Finalement, elle déclare:

– C'est vrai qu'elle est très noire, ton Anémone.

– Pas tant que ça, m'man. C'est à cause des murs de l'infirmerie, qui sont blancs.

– Je ne pensais pas que c'était possible d'être noire comme ça.

– On dirait que t'as jamais vu une Noire de ta vie.

– Ben… oui… dans des films… sur des photos… mais jamais foncée de même.

– Elle est née en Afrique noire.

– Mais c'est plein de bêtes féroces et d'insectes dangereux, par là… sans parler des maladies!

– T'inquiète pas, m'man, Anémone est en parfaite santé… t'aurais dû voir son *sky hook* tantôt… Super!

– Son *sky* quoi?

– Son *sky hook*.

– Un crochet! Et toi, tu trouves ça super! En tout cas, Just'un, le *piercing*, penses-y même pas!

Et voilà l'imagination de la peur repartie! Finalement, le mieux, c'est de la laisser aller. En général, cela s'éteint plus vite quand je ne réponds rien. De plus, ça me donne le temps de m'amuser à imaginer toute la quincaillerie que je pourrais m'enfoncer dans les lobes d'oreille... des clous, des vis, des écrous... un cadenas à vélo, pourquoi pas? Soudain, au moment où j'allais m'ajouter une antenne parabolique, je suis interrompu par un cri:

– Just'un!

– P'pa!

– Alfred!

– Pauline! Que lui est-il encore arrivé? Une commotion cérébrale?

– Pas seulement ça, annonce ma mère. Imagine-toi que Just'un veut se faire percer le nez… ou les oreilles, je ne sais pas.

– Hein ! s'exclame mon père.

– Hein ? je m'exclame.

– Oui, il veut se faire poser un *sky hook*, comme son Anémone ! Je suis découragée.

Consterné, mon père me regarde :

– On dirait qu'il a essayé de s'en faire poser partout dans la figure !

– Non, Alfred. Ça, c'est un ballon de basket qu'il a reçu en plein visage… enfin… c'est ce que son Anémone raconte.

– L'Anémone d'hier ?

– Oui. Et laisse-moi te dire qu'elle est noire, pas à peu près ! Du vrai charbon. D'ailleurs, cette histoire de ballon de basket, j'ai de la misère à croire ça.

– Alors comment Just'un a pu se faire aplatir la figure de même? demande mon père.

– Ben... euh...

Ma mère hésite. Que va-t-elle encore inventer?

– C'est que... quand je suis entrée dans l'infirmerie, j'ai vu l'Anémone penchée sur lui...

– Et puis?...

– Évidemment, j'ai crié et Just'un s'est levé. C'est là que j'ai vu sa tête transformée en galette aux raisins!

Mon père n'en croit pas ses oreilles.

– J'ai faim!

Je vous l'ai dit: ça marche à tout coup. Interloqués, ils se taisent et me regardent. Je prends alors un air mortifié en déployant une mine pitoyable, ce qui n'est guère difficile avec ma tête accidentée. Puis, d'une voix de mourant, je reprends faiblement:

– J'ai faim. J'ai envie de rentrer à la maison. L'infirmière a dit que je dois rester tranquille en fin de semaine...

Aussitôt, mes parents repèrent une chaise roulante dans un coin de l'infirmerie. Saisi par les bras, je suis traité comme un infirme et assis dans le fauteuil.

– Il faut l'amener d'urgence à l'hôpital pour une radiographie, annonce ma mère.

Non, pas ça!

C'est le moment parfait pour émettre mon petit gémissement classique, celui avec lequel j'ai toujours tout obtenu:

– Mmmm...

La tête légèrement inclinée dans une attitude piteuse, je laisse s'écouler quelques secondes. J'avoue ici que je ressens un petit plaisir intérieur. Enfin, dans le silence parfait que je viens de provoquer, je bondis sur mes pieds, comme un miraculé.

– Ta-dam!

Ma mère n'en croit pas ses yeux. Un instant plus tôt, elle me voyait à l'article de la mort, victime d'une cannibale... et voilà que je lui démontre brutalement que je vais bien...

Trop brutalement. Elle va encore s'évanouir!

– Écoute, Just'un, intervient mon père en soutenant ma mère. Rassis-toi dans la chaise et laisse-nous te conduire à l'auto...

– Ou... ouiii! chevrote ma mère.

Vous vous en doutez, je déteste me faire tirer l'oreille. Mais là, pour que ma mère se sente mieux, je dois aller un peu mal, semble-t-il. J'accepte donc de me rasseoir dans la chaise roulante...

Mais c'est aussi dans le but de mieux profiter de la situation.

– Vous allez tenir votre promesse ? je demande innocemment.

– Quelle promesse ? s'étonne mon père.

– Anémone vient souper chez nous, ce soir.

Et les voilà replongés dans la stupéfaction.

– Tu n'y penses pas ! explose ma mère. Tu es en pleine convalescence. Tu dois éviter toute émotion.

– C'est à prendre ou à laisser ! Sinon, je reviens tout seul à la maison. À vélo et sans casque !

Je les vois faiblir sous cette menace ultime. Soudain, une idée empêche ma mère de flancher. Ragaillardie, elle me rappelle :

– On avait dit : seulement si ses parents sont d'accord.

– C'est vrai.

Ils se regardent. Finalement, mon père ajoute :

– Bon. Si ses parents sont d'accord, Anémone pourra venir souper… mais toi, tu promets de suivre nos recommandations jusqu'à ton rétablissement complet.

Je ne l'avais pas prévue, celle-là.

– Qui va décider que je suis rétabli ? je demande.

– Nous ! déclarent-ils à l'unisson.

Je suis assommé. Le prix, franchement, est trop élevé.

Mais, me rappelant la fougue d'Anémone, son humour et la complicité que nous avons créée si vite tout à l'heure, je me ravise. Habité d'un nouvel espoir de pulvériser enfin cette peur maladive qui habite mes parents depuis ma naissance, je réponds en pesant bien chacun de mes mots :

– D'accord ! Je vais suivre vos recommandations.

Deux minutes plus tard, mes parents me poussent le long des corridors de l'école – heureusement déserts – en direction de la sortie. Avant de franchir les portes, je leur indique que je dois récupérer mon casque dans mon casier.

– J'y vais, propose mon père. Passe-moi tes clés.

– Oui, confirme ma mère. Bonne idée ! Le casque.

Et c'est ainsi que j'ai suivi leur première recommandation. Les dents serrées, je quitte l'école en chaise roulante… un casque de vélo sur la tête ! Entre les sangles, je sens mes oreilles plus raides que jamais. J'espère que personne ne me voit. J'ai tellement honte que j'hésite à vous raconter ça.

– Et mon vélo? je demande, une fois dehors.

– Je m'en occupe, lance mon père, qui s'éloigne déjà.

Pendant qu'il récupère mon vélo, maman dénoue son foulard rouge autour de son cou afin de l'attacher au bout de la perche qui sert à accrocher les solutés aux chaises roulantes.

– Comme ça, les autos vont nous voir de loin.

Sur le trottoir, nous attendons mon père. Puis nous traversons la rue devant l'école. Une fois mon vélo dans le coffre, je me retrouve assis, solidement harnaché à la banquette arrière de la voiture. Je n'en peux plus.

Direction : l'hôpital !

J'en ai plein mon casque !

Ça me sort par les oreilles !

7

Pauline s'effondre

En revenant de l'hôpital, le crâne toujours coincé dans l'étau de mon casque, je rentre dans la cuisine et m'assois à table. C'est l'incendie dans ma tête. Si ça continue, je vais déclencher les gicleurs et tout le monde va se faire arroser… et ce sera bien fait!

Mais je retiens l'explosion. Je dois me soumettre aux recommandations parentales si je veux qu'Anémone vienne souper ce soir.

Soudain, le téléphone sonne.

Évidemment, ma mère sursaute, puis elle décroche.

– Bonjour… oui, bonjour, madame… Ah! Vous êtes sa mère… vraiment?… le souper… oui, c'est vrai, votre gentille petite Anémone… Just'un l'a invitée… oui, il nous a dit ça… vous savez, notre fils a eu un choc terrible, aujourd'hui… une commotion cérébrale avec perte de conscience…

Là-dessus, je bondis sur mes pieds et me place droit devant ma mère afin de lui montrer que je porte bien mon casque et qu'il n'y a plus de danger. Comme si elle ne me voyait pas, elle poursuit dans le combiné:

– Oui, madame… on le soigne… on arrive de l'urgence… on y a passé presque tout l'après-midi… les radios n'ont rien décelé, mais il faut être prudent, n'est-ce pas… ah, oui, j'oubliais, le souper avec votre fille… Anémone, c'est bien ça... celle qui est... oui, oui... noire, c'est ça... je comprends... peut-être qu'on peut remettre ça à plus tard, hein... qu'en pensez-vous?

Du coup, je me mets à cogner sur mon casque – j'ai vraiment la tête dure – et à lui faire de grands yeux. Malgré tout, elle continue:

– Votre fille insiste?... oui, vraiment?... elle aimerait beaucoup venir ce soir... euh... mais... je... Ah! Vous êtes d'accord... oh!... euh... autrement dit, si je comprends bien, vous lui donnez la permission... ah... bien... je... euh... excusez-moi une minute...

Comprenant que la conversation tourne à mon avantage, je me retire discrètement. Accablée, ma mère abaisse le téléphone. La main posée sur le combiné, elle regarde son Alfred, qui a pris un drôle d'air tout à coup.

– C'est la madame, commence ma mère. La mère de l'Aném… d'Anémone, je veux dire… elle…

– J'ai compris, Pauline, l'interrompt-il.

Et là, je vois mon père entrer dans une profonde réflexion.

Longuement, il regarde sa Pauline et on dirait qu'il prend pour la première fois la mesure du désarroi qui habite le visage de sa pauvre épouse. Elle a peur. Elle a tellement peur. Puis, dans le silence qui s'éternise dans la cuisine, il me regarde avec mon casque sur la tête et mes oreilles qui attendent. Ses yeux semblent dire que cela n'a plus de sens. Silencieux, il fait non de la tête. Enfin, il pose son regard sur ma mère et annonce:

– C'est d'accord, Pauline. Anémone est la bienvenue chez nous pour le souper… et pour la soirée aussi!

– Mais, Alfred, c'est un peu rapide, non?

– Je crois que le temps est venu, Pauline.

– Mais… tu ne trouves pas que notre petit Just'un a été assez traumatisé aujourd'hui? Regarde-lui la tête.

Mon père se retourne vers moi. Puis, après m'avoir examiné quelques secondes, il ajoute, sur un ton plus décidé encore:

– C'est vrai, Pauline, on a un p'tit gars avec deux yeux au beurre noir. Et tu sais quoi? Je trouve ça super, moi, un p'tit gars un peu amoché. Je ressens même une certaine fierté…

– Tu es tombé sur la tête, Alfred, ou quoi? Tu me fais peur, là!

– Et il a le béguin pour une fille, enchaîne mon père. Ça me semble normal pour un garçon de 13 ans… et demi!

– Alfred, tu…

Je fais pivoter mon casque d'un côté, puis de l'autre. Ça va trop vite. Mes antennes n'arrivent pas à tout capter.

– En plus, poursuit mon père, imperturbable, je suis certain qu'elle est jolie, cette Anémone. N'est-ce pas, Justin ?

Justin ! Il m'a appelé Justin !

Aussitôt, je fais oui du casque. Un oui énergique. Un grand «Oui, papa ! Anémone est jolie ! Très jolie, même. C'est la plus belle fille de l'école. Et la plus intelligente. La meilleure au basket, en plus. Et très drôle, à part ça…»

Et un grand «Oui, papa, je m'appelle Justin !»

Les yeux dans les yeux, tous les deux, nous avons oublié maman, qui n'abandonne pas la partie.

– Just'un pourrait au moins commencer par une fille normale. Par une fille ordinaire, je veux dire... une fille d'ici... par une Caroline, par exemple... ou une Marie-Soleil...

– Autrement dit par une Blanche! complète mon père, presque durement.

Là-dessus, les yeux de ma mère chavirent et, du coup, ses jambes flanchent. Elle va s'écrouler et mon père ne bronche pas. Vite, je m'élance pour amortir sa chute.

– Non! lance mon père.

Je fige sur place. Ma mère va échapper le téléphone et piquer du nez, c'est certain. Soudain, juste au moment où elle va s'affaisser, elle se ressaisit. Ses yeux retrouvent leur place, droit en face des trous, puis, lentement, se tournent vers mon père... toujours imperturbable.

Au bout de quelques secondes d'indécision, elle repose l'appareil sur son oreille et prononce:

– Madame, vous êtes toujours là?... Je suis désolée, mon mari et moi, nous avons discuté au sujet de ce souper... disons... impromptu...

Papa et moi, en cet instant dramatique, faisons équipe. Nous sommes tout oreilles!

– Oui, poursuit ma mère avec beaucoup de difficulté. Finalement, malgré tous les risques que cela comporte, nous sommes d'accord... Hein! Quoi? Que dites-vous?...

Bloquée net, ma mère ne parle plus. Elle écoute et son visage pâlit au fil des mots qu'elle entend. Au même rythme, sa bouche s'arrondit et ses yeux deviennent hagards. On dirait qu'elle est en train d'apprendre qu'une catastrophe nucléaire est survenue.

Le ciel est en train de lui tomber sur la tête. Dans sa figure, papa et moi, nous pouvons voir l'univers s'effondrer. Ses yeux se révulsent. Tout entière, elle mollit et, cette fois, c'est pour de vrai!

Mon père accourt pour la retenir pendant que j'attrape le téléphone au vol. Hébété, je porte l'appareil à mon oreille:

– Bonjour, madame... c'est Justin... Euh... excusez-nous... c'est ma mère... elle a eu un malaise... ce n'est pas grave... ça arrive souvent.

– Tu es sûr, mon petit Justin? me demande une voix chaude dans le combiné. Rien de grave, vraiment?

– Non, non, mon père s'en occupe. On est habitués. Mais, dites-moi, qu'est-ce que vous lui disiez, à ma mère?

– Oh, rien. Étant donné la journée éprouvante que vous venez de traverser, je suggérais simplement que ce soit vous qui veniez souper chez nous. Mon mari et moi, on vous inviterait, tous les trois! «À la bonne franquette», comme vous dites ici. Rien de compliqué, vraiment. En plus, tu sais quoi?

– Non, quoi?

– Anémone serait contente de pouvoir nous présenter son nouveau copain.

À ces mots, je rougis et me retourne vers ma mère, qui amplifie son attitude de victime, vous savez, celle qui d'habitude nous fait perdre tous nos moyens...

– Excusez-nous, madame, on doit encore un peu discuter. Ce sera pas long...

– Qu'est-ce qui se passe? demande mon père.

Plus rapide que moi, ma mère répond:

– Ils nous invitent chez eux, Alfred!

– Bonne idée! s'exclame mon père. Après la grosse journée qu'on vient de vivre, tous les trois, ça va nous détendre... surtout toi, ma chérie!

– Mais ça n'a pas d'bon sens! objecte ma mère dans un ultime soubresaut. Ce sont des étrangers... on ne les connaît même pas!

– T'inquiète pas, m'man. La madame a dit qu'ils vont faire ça «à la bonne franquette».

– Justin, coupe mon père, dis à la dame que nous acceptons son invitation et que nous sommes enchantés... hein, Pauline?

Ma mère ne sait plus comment perdre connaissance. Nettement dépassée, elle ne reconnaît plus son Alfred. Moi non plus, d'ailleurs, je dois avouer. Mais ça me plaît: je me sens soudain moins seul.

Finalement, se rendant compte de la situation ridicule dans laquelle elle se trouve, ma mère reprend un air digne en ajoutant:

– Oui, bien sûr, nous sommes enchantés.

Et elle disparaît dans sa chambre.

Pendant ce temps, dans ma main, une voix grésille:

– Justin! Tu es toujours là?

Mon père me fait un signe en direction du combiné.

– Oui, madame, je suis là. Tout va bien. Mes parents sont d'accord... oui, oui... et ils sont enchantés... à 18 heures?... très bien... je note l'adresse... oui, oui... je connais la rue... c'est pas loin... à tout à l'heure... merci...

Et je pose l'appareil.

L'air bizarre, papa me regarde, un sourire en coin.

– C'est vrai, Justin, que ce soir, ça va être du sport extrême… mais là, quand même, tu exagères, non ?

Je peux enfin enlever mon casque.

8
Bienvenue en Afrique !

Devant la maison d'Anémone, tous les trois, nous nous arrêtons un moment, perplexes. Tout a l'air normal. Ordinaire, même : un bungalow unifamilial sur une rue tranquille de notre quartier. Derrière, le soleil est en train de se coucher.

Ma mère prend une profonde inspiration pour se donner du courage, puis nous avançons dans l'allée, en direction de la porte. Je marche en avant, comme en éclaireur. Sur le palier, nous nous arrêtons pour reprendre notre souffle... surtout maman !

Malgré la peur qui semble encore l'habiter, mon père me fait signe de sonner.

Ding! Dong!

Même sonnette que chez nous. Ma mère, un peu soulagée, esquisse un sourire forcé. Elle semble décidée à affronter la situation. Soudain, la porte s'ouvre...

Devant nous, dans la pénombre de l'entrée, se dresse une silhouette géante recouverte d'une longue toge bleue qui semble flotter... sur rien ! Au niveau de la poitrine, de riches broderies arrêtent mon regard un instant... puis, au-dessus des épaules... pas de tête ! Seulement deux yeux posés sur moi... et des dents blanches qui sourient... puis une voix grave et chaleureuse :

– Bonsoir, Justin. Bienvenue chez nous.

Ensuite, les yeux, noirs et blancs, se tournent vers mes parents.

– Monsieur et madame Tremblay, je suppose. *Salam alecum*... entrez... entrez...

Dans le vide au-dessus de moi, la longue main droite du géant se tend vers mes parents sans doute effondrés. En effet, ils ne disent rien. Moi-même, je suis si impressionné par la taille de cet homme que je n'ai pas encore pu prononcer un mot.

– Entrez, répète-t-il, la main toujours invitante. Je suis heureux de vous accueillir. Mon nom est Tierno Ndiaye. Je suis le père d'Anémone.

– Bonjour! prononce enfin mon père, qui a apparemment tenu le coup, mais qui ne bouge toujours pas du palier.

– Bonjour, répond gentiment monsieur Ndiaye.

– Je devrais dire «bonsoir», hein? Il fait déjà noir...

– Monsieur Tremblay, c'est l'automne. Le soleil se couche de plus en plus tôt.

– Oui, et bientôt, ce sera l'hiver, poursuit mon père, qui n'ose pas avancer. Vous devez trouver ça froid, l'hiver, vous, non?

– C'est plus froid que par chez nous, poursuit notre hôte, visiblement amusé. Mais je suis certain qu'on va aimer votre hiver.

– Oh, oui! L'hiver! intervient soudain ma mère d'une voix nerveuse. C'est tellement beau, l'hiver. Tout devient... euh... comment dire?...

– Blanc? suggère le père d'Anémone, franchement moqueur.

– Oui, blanc... à cause de la neige, bien sûr... vous comprenez...

– Oui, madame Tremblay, je comprends. Entrez. Si vous voulez, on parlera
de l'hiver bien au chaud, à l'intérieur.

Timidement, ma mère avance sa
main, qui disparaît tout entière dans
celle du géant.

– Vous avez une belle robe! bafouille-
t-elle, sur le point de s'évanouir.

– C'est un *boubou*, précise l'homme
en la soutenant discrètement. Entrez, je
vous en prie. Mon épouse nous attend.

Et nous entrons...

Enfin!

Mes parents ont confié avec hésita-
tion leur manteau à monsieur Tierno.
Par contre, ma mère a tenu à conserver
son sac à main. Conduits par notre

hôte, nous pénétrons dans le salon, où la mère d'Anémone nous attend, debout.

Le décor est dépouillé, simplement éclairé par quelques bougies artistiquement disposées sur des tables basses. Pour s'asseoir, il n'y a que quelques minces matelas aux couleurs vives, à même le sol. Au milieu de la pièce est étalé un magnifique tapis rectangulaire bordé de franges. Dessus, le couvert est mis pour six personnes. Sur les murs sont accrochés quelques masques grimaçants. Dans un coin, j'aperçois un immense tam-tam.

Voyant mon intérêt, monsieur Tierno m'explique :

– Ça, Justin, c'est un *djembé*. Je te montrerai.

Puis, se tournant vers mes parents, il poursuit :

– Je vous présente mon épouse, Fatou.

– Fatou! semble s'étonner ma mère. Vraiment?

– *Salam alecum*, prononce doucement la dame.

– Vous pareillement, répond ma mère.

– Soyez les bienvenus.

Élégante et délicate, elle porte une robe longue et bigarrée, moins ample que le vêtement de son mari. Un foulard assorti est savamment enroulé autour de ses cheveux. Son visage, même s'il est très noir au milieu de tant de couleurs, me paraît lumineux.

– Je vous prie de nous excuser pour le décor sommaire dans lequel nous vous recevons. C'est une maison que nous avons louée, voyez-vous. Nous venons tout juste d'emménager. Nous voyageons avec un minimum d'objets et nous nous sommes rapidement installés… à l'africaine, si je puis dire. Ça ne vous gêne pas, j'espère?

– Non, non, répond mon père, voyant que ma mère se retrouve sans voix.

Puis la dame se tourne vers moi.

– Justin, c'est toi?

– Oui, madame.

– Anémone nous a beaucoup parlé de toi. Elle t'aime bien, je pense. Elle dit que tu es son premier copain à l'école.

– Où est-elle?

– À la cuisine, en train de préparer une infusion.

Puis, changeant de sujet, elle me demande:

– Il paraît que tu as eu une rude journée.

– Oh oui! intervient ma mère. Une journée épouvantable. J'ai pensé mourir.

– Une légère commotion, à ce qu'on m'a dit?

– Il est tombé dans les pommes, répond ma mère à ma place.

– Tu as reçu un ballon au visage, c'est ça?

– En pleine face! précise ma mère. Lui avez-vous vu les yeux?

Même si je ne peux pas placer un mot, la dame poursuit calmement, toujours en s'adressant à moi:

– Et le cou, ça va?

– C'est sa tête que le ballon a percutée, corrige ma mère. C'est sa tête qu'on a radiographiée aujourd'hui.

– Pas le cou? demande la dame.

– Non, madame Fatou, le cou, c'était hier. Hier, Just'un s'est fait un torticolis en faisant des mots croisés avec votre fille... Vous le croirez pas, c'est comme ça depuis qu'il est tout petit. Un malheur n'attend pas l'autre.

En entendant ces mots, la mère d'Anémone cesse ses questions et jette un regard en direction de son mari. Visiblement, tous les deux, ils ont tout compris... comme papa, chez nous, tantôt, on dirait.

Mais papa, lui, ça lui a pris 13 ans et demi.

Paralysée par ce silence soudain, ma mère demeure muette pendant que celle d'Anémone, affectueusement, me passe la main dans les cheveux, question de changer de sujet.

– Tu es vraiment très blond, finit-elle par déclarer. C'est rare, chez nous, des blonds comme toi...

Pendant que tout le monde sourit à cette remarque, sa main, imperceptiblement, glisse vers ma nuque. Je sens ses doigts qui tâtent l'arrière de mon cou.

– Et des cheveux raides comme les tiens, ajoute la dame en poursuivant son subtil examen, c'est exceptionnel.

– J'ai les yeux bleus aussi, je dis, pour rire. Doublement bleus, à part ça! Regardez.

La dame retire lentement sa main.

– Oui, je sais. Anémone m'a raconté.

– Et mes oreilles… vous avez remarqué mes oreilles? Des grandes comme ça, même par ici, c'est super rare. Même si j'en ai deux, elles sont uniques!

Et dans le silence que provoque toujours l'émergence inattendue dans la conversation de mes appendices latéraux, j'en profite pour conclure, afin de bien indiquer que, moi aussi, j'ai tout compris :

– Depuis que je suis tout petit, mes parents m'appellent Just'un !

– Ils ont bien raison ! réplique le père d'Anémone, comme pour désamorcer le drame. Nous aussi, nous avons une «Just'une»…

– La voilà justement ! annonce madame Fatou.

Tous, on se tourne vers la porte de la cuisine, où se tient ma nouvelle amie, une théière fumante à la main et un linge léger pendant sur son avant-bras.

En robe elle aussi, elle n'a plus rien d'une joueuse de basket. Même si sa silhouette est moins délicate que celle de sa mère, elle a la même élégance et moi, je la trouve drôlement jolie, même avec sa théière. En plus, ses cheveux, habilement tressés, sont ornés d'une fleur rouge…

Une anémone?

Je n'ai pas le temps de poser la question, déjà sa mère lui demande :

– L'infusion pour Justin, elle est prête ?

– Oui, maman.

Une infusion! Ils ne vont quand même pas me faire boire du thé, là, toujours!

Voyant mon air stupéfait, la mère d'Anémone s'empresse d'expliquer :

– Ne t'inquiète pas, Justin, ce n'est pas pour boire, c'est pour faire des compresses sur tes yeux... si tu veux bien.

– Encore des compresses!

– Des compresses chaudes à l'arnica. L'arnica, c'est une fleur qu'Anémone vient de faire infuser pour toi.

Je commence à m'inquiéter. Ma mère doit être morte de peur. Seul mon père ne bronche pas et ça me donne du courage.

– Je voyage toujours avec mes herbes, explique la dame. Elles me servent régulièrement.

– Oui, intervient le père d'Anémone, mon épouse connaît le secret de presque toutes les plantes et de toutes les fleurs. Elle tient ça de son père, Tamsir.

Et il ajoute :

– C'était un grand sage, cet homme.

– Il est mort ? demande ma mère, bêtement.

– Il est allé rejoindre les Ancêtres. Mais, par le savoir qu'il a transmis à Fatou, il est toujours avec nous.

– Justin, tu veux bien te coucher là ? me demande la mère d'Anémone pendant que celle-ci approche avec sa théière et son linge.

Sans réfléchir, je m'avance et je m'étends au sol, sur un des matelas. La mère d'Anémone s'accroupit à ma tête. Puis, me saisissant à deux mains par l'arrière du crâne, elle se penche au-dessus de moi. Je la vois à l'envers, souriante et apaisante.

– Détends-toi, me dit-elle simplement.

Elle se met à bouger lentement ma tête dans tous les sens. Ses doigts, longs et délicats, atteignent le creux de ma nuque et le plafond de la pièce danse au-dessus de moi. C'est agréable et je m'abandonne. Soudain, elle donne un coup sec vers la gauche… *crac!*… puis un autre vers la droite… *crac!*

– Voilà! annonce-t-elle. Tout est bien en place, maintenant.

Cette fois, mes parents se sont évanouis, c'est certain.

– Comment te sens-tu, Justin ? me demande enfin la mère d'Anémone. Ça n'a pas fait mal ?

– Oh, non, madame Fatou, pas du tout. Mais j'ai entendu mon cou craquer. Tu parles !

– Maintenant, si tu veux, on va appliquer la compresse à l'arnica. Juste une minute. Après, on va manger, d'accord ?

– D'accord.

La mère d'Anémone saisit alors le linge sur l'avant-bras de sa fille et le plie en deux, en quatre, puis en huit, pour en faire un long rectangle.

– Ferme les yeux.

Confiant, je ferme les yeux. Un long moment s'écoule. Puis, soudain, je sens, au-dessus de mon visage, une chaleur… et une odeur douce. Mes narines s'ouvrent. Enfin, sur l'arête de mon nez, puis sur le haut de mes pommettes, un linge humide, odorant et chaud, s'étale.

– Ne bouge pas, Justin… une minute seulement.

Pendant que le temps s'écoule, la mère d'Anémone explique :

– L'arnica est un remède qui date du Moyen Âge. À cette époque, une religieuse bénédictine, considérée par plusieurs comme une sainte de la chrétienté, en connaissait déjà les vertus. Elle s'appelait Hildegarde de Bingen. Afin qu'on n'abuse pas de ce

remède, elle a laissé courir une légende au sujet de l'arnica...

Là-dessus, la mère d'Anémone arrête abruptement son récit afin de m'indiquer :

– Encore 30 secondes, mon Justin, et adieu les bleus ! Franchement, entre nous, la bonne Hildegarde de Bingen ne se serait jamais doutée que son remède guérirait un jour les yeux au beurre noir !

J'entends alors tout le monde rire, sauf ma mère, qui demande, au bout de quelques secondes :

– C'était quoi, madame Fatou, la légende ?

– Rien de sérieux, madame Tremblay... une invention, je vous dis.

– J'aimerais bien la connaître quand même, insiste ma mère. Vous voulez me la raconter?

Et j'écoute la réponse terrible:

– Bon, si vous voulez… Hildegarde racontait que si un homme et une femme étaient amoureux l'un de l'autre, et que quelqu'un appliquait de l'arnica sur la peau de l'un des deux, ils devenaient éperdus d'amour… jusqu'à en perdre la raison.

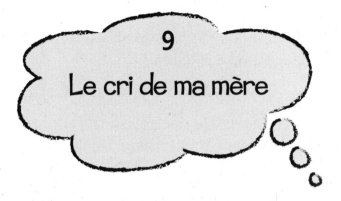

9

Le cri de ma mère

Je me relève. Mes parents sont encore debout, mais ils sont nettement ébranlés. À cause de la légende de Hildegarde? Ou des craquements de ma nuque? Je ne sais pas. En tout cas, ils me regardent comme si je sortais de ma tombe.

Pourtant, je me sens super vivant. La nuque détendue, les oreilles parfaitement alignées avec les épaules, droit comme un «i», je ressens juste un petit brûlement sous les yeux.

Ma mère s'approche, m'examine le visage, puis s'exclame :

– Tes bleus ! Ils ont presque disparu !

Et elle éclate de rire. Un rire sonore qui la secoue tout entière. Un long rire qui n'en finit plus.

Tout le monde s'écarte, d'abord étonné. Mais ma mère n'arrête pas de rire. Pourquoi rit-elle comme ça ? Il n'y a rien de drôle. Il me semble que j'étais pas mal plus comique avec deux yeux au beurre noir.

Bientôt, je comprends que ce n'est pas un rire normal. Non, ma mère ne rit pas parce que c'est drôle. Pas du tout. C'est un rire nerveux. Un rire qu'elle n'arrive pas à maîtriser. Un rire qui la fait hoqueter… un rire qui ébranle tout son corps.

Je n'aime pas ça. Mon père aussi a peur et il ne sait pas quoi faire.

Ma mère continue à rire ainsi pendant que les parents d'Anémone, eux, restent calmes devant cette hilarité presque hystérique. Et doucement, tous les deux, ils s'approchent d'elle… comme pour la soutenir, chacun de son côté… comme pour l'encourager à tout laisser sortir… à laisser sortir toute cette tension retenue… cette tension retenue depuis tant d'années.

La faisant pivoter discrètement, ils la placent droit devant un des masques accrochés au mur…

Le plus effrayant !

Je me colle contre mon père et je sens une main qui, doucement, saisit la mienne. Anémone ! Tous les trois, nous observons la scène étrange qui se déroule devant nous. Le rire de ma mère, qui ne veut pas cesser, se transforme bientôt en pleurs. Ses épaules tressautent et son pauvre visage devient une grimace pitoyable. Vraiment, je n'aime pas ça, voir ainsi sa bouche qui s'ouvre, comme pour pousser un cri… un cri qui reste bloqué.

Madame Fatou fait un signe à son mari, qui va chercher son tam-tam dans le coin du salon. Il le soulève afin de passer la courroie par-dessus sa tête et la laisser redescendre dans son dos, jusqu'au niveau des reins. Le *djembé*, ainsi soutenu, se retrouve entre ses jambes et, avec ses mains nues, l'homme se met à taper faiblement dessus, d'abord de façon presque inaudible, puis de plus en plus fort…

J'ai peur.

Cela ressemble au battement lointain d'un cœur. Pendant ce temps, madame Fatou ferme les yeux et pose sa main droite sur le cœur de ma mère, qui tente toujours vainement d'émettre ce cri impossible. Les martèlements de monsieur Tierno sur son instrument deviennent alors plus intenses, plus sourds aussi, plus intérieurs... tout en demeurant incroyablement calmes et posés... imperturbablement rythmés. Lui aussi, il a fermé ses yeux pendant que moi, je regarde ma mère qui n'arrive toujours pas à... hurler...

Oui, à hurler !

Son visage bascule lentement et de grosses larmes coulent vers ses oreilles, comme si elle avait mal. Les yeux tournés vers le plafond, elle abandonne son sac à main, qui tombe comme une pierre sur le plancher. Au même instant, les battements du *djembé* s'accélèrent. Madame Fatou, comme ma mère, regarde au plafond, vers le ciel. Au même endroit, on dirait.

La lumière dans la pièce oscille. La flamme de toutes les bougies vacille. Soudain, une faible plainte s'élève de la gorge déployée de ma mère. Une lamentation fragile et chancelante d'abord, qui prend peu à peu de l'ampleur alors qu'elle baisse la tête. Son regard, en même temps que celui de madame Fatou, s'arrête alors droit dans les yeux exorbités du masque suspendu devant elles. Un masque à la gueule béante! Le gémissement devient une clameur qui envahit toute la pièce. Le cri, envahissant et interminable, me remplit les oreilles au point où je ne sais plus s'il provient de la gorge de ma mère... ou de celle du masque!

Ou des deux!

Puis, abruptement, tout s'arrête. Le *djembé* et le hurlement. Même les flammes des bougies cessent de vaciller et tout retombe dans une immobilité baignée d'une lumière chaude et rassurante.

Tout est redevenu normal, anodin... même le masque au mur.

Soudain monte en moi la certitude que ce que je viens d'entendre, c'était le hurlement de la peur... et que cette peur s'est maintenant totalement évanouie.

J'aimerais tant crier comme ça un jour.

Monsieur Tierno a déposé son *djembé* et retourne auprès de ma mère, encore soutenue par madame Fatou.

– Pauline, ça va ? demande enfin mon père.

Ma pauvre mère, dont les tempes et les joues sont couvertes de larmes, ne répond rien. Tout son corps s'est immobilisé, maintenant, parfaitement détendu, et son visage, même s'il pleure encore un peu, est apaisé, presque souriant. Envahie d'une tranquillité que je ne lui ai jamais vue, ma mère ouvre enfin les yeux et nous regarde, comme si elle sortait d'un rêve.

– Excusez-moi, hein, je vous ai fait peur, hein? Je ne voulais pas...

Puis elle ramasse son sac à main et en tire un papier-mouchoir pour s'essuyer la figure et se moucher.

– Pouvez-vous m'indiquer la salle de bains, s'il vous plaît?

– Venez, fait madame Fatou. C'est par ici.

Mais plutôt que de la suivre, ma mère se retourne vers nous et annonce solennellement:

– J'ai faim!

Après quoi, elle me fait un clin d'œil. Je n'ai pas le temps de m'étonner que déjà monsieur Tierno annonce:

– Au menu: *tiep bou dien*!

– C'est quoi, ça? je demande.

– Du mulet, répond Anémone, avec du riz et tout plein de légumes... une recette sénégalaise... délicieux!

– Du mulet! je m'exclame. On va manger du mulet?

– N'aie pas peur, Justin, me lance ma mère avec le sourire. Le mulet, c'est une sorte de poisson... n'est-ce pas, Fatou? Euh... je peux vous appeler Fatou, hein? Moi, c'est Pauline.

– Bien sûr, Pauline, répond aussitôt la mère d'Anémone. Et vous avez raison: le mulet, c'est un poisson, mais vous devinez bien qu'on ne peut pas en trouver ici. À la place, Tierno utilise la truite. Ça fait, dit-il, un *tiep bou dien* à la québécoise. D'ailleurs, c'est lui, le grand cuisinier, dans la famille Ndiaye. Tierno, vous savez, cela signifie «maître».

Les deux femmes disparaissent vers la salle de bains.

– Mais papa, rajoute Anémone, il est surtout le «maître» du *djembé*.

– C'est vrai, Tierno! lance mon père spontanément. Vous avez été super avec votre tam-tam tantôt... euh... je peux vous appeler Tierno ? Moi, c'est Alfred.

– Pas de problème, Alfred. Mais laissez-moi vous corriger : le *djembé*, ce n'est pas un tam-tam. Au Sénégal, c'est notre instrument de musique national. Il a un caractère sacré. On lui prête même des pouvoirs de guérison. Mais, pour l'instant, pendant que votre Pauline se remet de ses émotions, je nous prépare un jus de *bouy*.

– Un jus de quoi ? je demande.

– De *bouy*, me confirme Anémone, apparemment amusée.

– Du *bouy* ! C'est quoi, ça ?

– C'est un jus qu'on fait avec du pain de singe.

– Je savais pas que les singes faisaient du pain, je lance innocemment.

– Non, Justin, les singes le trouvent en grimpant dans les baobabs.

– Les baobabs! je m'exclame, l'air aussi niaiseux que possible.

– Ce sont de grands arbres d'Afrique, me précise Anémone avec patience.

– Autrement dit, si j'ai bien compris, au Sénégal, le pain pousse dans les arbres… et quand le pain est mûr, les singes grimpent le cueillir…

Anémone est interloquée. J'en profite pour conclure:

– Ensuite, vous capturez les singes et vous faites du jus de pain, c'est ça?

Devant mon regard de nigaud, Anémone éclate de rire:

– T'es vraiment doué pour faire l'andouille, toi.

Et elle m'embrasse sur la joue.

Du coup, j'ai l'impression que ma cervelle se transforme en jus de *bouy*.

10

L'ultime peur de Justin

Finalement, le pain de singe, vous l'avez compris, c'est le nom que l'on donne au fruit du baobab... parce que les singes en raffolent, sans doute.

Bon.

Mais le jus de *bouy*, là, j'avoue que c'est un breuvage assez répugnant à voir. C'est un liquide jaunâtre avec des grumeaux. Ça va me prendre beaucoup de courage pour boire ça.

Mais quand je vois ma mère lever bravement son verre de jus de *bouy* et faire une santé à toute la famille

Ndiaye, j'avale, comme tout le monde, l'inquiétante mixture… qui se révèle agréable, je dois dire, quoiqu'un peu surette.

Puis arrive le *tiep bou dien* fumant dans un grand plat porté à bout de bras par le père d'Anémone, qui le pose au milieu du tapis qui doit nous servir de table. Nous nous asseyons par terre sur les minces matelas, tout autour. Madame Fatou remplit ensuite l'assiette de chacun : de la truite avec sa peau et toutes ses arêtes, déposée sur un lit de riz et entourée de légumes bizarroïdes. Même la tête du poisson est là, qui me regarde avec ses yeux exorbités.

En plus, il n'y a même pas d'ustensiles !

– À la bonne franquette ! annonce madame Fatou en soulevant entre ses doigts une sorte de carotte jaune qu'elle porte ensuite à sa bouche.

136

Sa fille et son époux font de même avec un drôle de navet rouge et un genre de brocoli blanc. Mes parents hésitent à les imiter. Puis, ils saisissent chacun un légume vert, étrange et tordu. Après l'avoir observé dans tous les sens, ils le brandissent fièrement devant eux pour enfin croquer dedans, le mâchouiller avec entrain… et l'avaler!

Je suis sidéré devant leur nouvelle bravoure. Ne reste plus que moi, qui n'ose pas encore toucher aux morceaux disparates qui ceinturent mon poisson couché sur le riz. Je suis paralysé par l'œil de la truite et sa gueule grande ouverte! Veut-elle, elle aussi, crier sa peur?… Ou la mienne?

– La tête, m'explique Anémone, tu peux la manger, tu sais.

– La veux-tu?

– Non, non, profites-en.

Facile à dire.

Mes parents m'observent du coin de l'œil avec un drôle de sourire puis, m'abandonnant à mon désarroi, ils continuent à manger tout en parlant cuisine avec leurs hôtes. Seule Anémone demeure silencieuse, mangeant avec appétit, à côté de moi, et avec ses doigts... pendant que je regarde le poisson, qui me regarde en train de le regarder.

Finalement, je tourne la tête dans une autre direction – la tête du poisson, je veux dire – et je me mets à picorer dans mon assiette.

– Vas-y franchement, me conseille Anémone. C'est délicieux. Cesse de picosser comme ça !

«Picosser !» Pour une Sénégalaise, elle connaît bien la parlure québécoise.

– Allez ! Justin ! ajoute-t-elle. Arrête de taponner !

Moi ! Taponneux !

Piqué au vif, je prends mon courage et mon *tiep bou dien* à deux mains, puis j'engouffre à bras raccourcis quelques légumes pris au hasard... que je mâchouille... et mâchouille... regrettant déjà mon geste intrépide et cherchant un moyen de tout recracher.

Mais voilà que, sous mes papilles, les aliments me font une fête salée-sucrée inattendue, exquise et exotique. Sous l'effet de la surprise, mes maxillaires ralentissent, mes narines se dilatent et mes oreilles s'immobilisent, soudain dépaysées. Et je goûte. Je savoure. Et enfin, j'avale avec un sourire d'abord indécis, puis de plus en plus sincère, auquel s'ajoute un brin de fierté lorsque Anémone me félicite :

– Bravo, Justin ! T'es pas un peureux, toi !

Mais ce n'est pas vrai. Je ressens une peur. Et je ne sais pas pourquoi.

En tout cas, ce n'est pas à cause de la tête de poisson… que je refile finalement à Anémone, qui s'en délecte. Elle mange même les yeux. Je n'en crois pas mes oreilles quand j'entends le cliquetis du cartilage nettoyé qu'elle laisse tomber dans son assiette, tel un crâne séché par le vent du désert.

La peur que je ressens ne vient pas non plus de toutes ces choses étranges que je vis depuis quelques heures chez les Ndiaye. Le jus de *bouy*, le *tiep bou*

dien... même le cri de ma mère au son du *djembé* ne m'ont pas vraiment fait peur.

C'est vrai, j'avoue, par moments, ces expériences étonnantes m'ont troublé, mais elles se sont toutes achevées dans le soulagement et la détente, par une libération et une ouverture plus grande sur la vie, je dirais. Non, il reste une peur subtile qui continue de m'habiter...

Et je n'arrive pas à en déceler la source.

Une peur incompréhensible.

Le repas fini, tout le monde, sauf moi, semble heureux. Anémone est plus pimpante que jamais. Elle rigole de rien et s'amuse de tout. Nos mères papotent en échangeant des recettes. La mienne suggère à sa «chère Fatou»

les livres d'*À la DiStasio*. Nos pères parlent musique. Le mien promet à son «cher Tierno» de lui prêter quelques CD d'AC/DC, son groupe préféré et son plaisir coupable.

Pendant ce temps, moi, je n'ai rien de drôle à dire. Anémone doit me trouver plate. Mais non, elle bavarde et rigole de tout ce qu'elle raconte. Même si elle devient de seconde en seconde plus belle à mes yeux, plus mélodieuse à mes oreilles, je suis paralysé, incapable de faire fi de la peur sourde qui m'habite.

Un moment donné, Anémone et moi, nous nous retrouvons seuls dans la cuisine. Elle s'est tue. Je la regarde. Son sourire est radieux. Le mien est forcé.

– Ça ne va pas, Justin ? Qu'est-ce qui se passe ?

– Je ne sais pas. J'ai peur.

Dans ses cheveux tressés, la fleur rouge s'est ouverte. Ses lèvres aussi, un peu. Dans le reflet de ses yeux noirs, j'entrevois mon profil de face. Vous connaissez.

– On s'embrasse?

Je ne sais pas qui a demandé ça. Sa peau noire chatoie tellement. Sous la lumière crue de la cuisine, il n'y a plus au monde que le visage sombre d'Anémone qui s'approche de mon visage pâle. Ou l'inverse, je ne sais pas. Soudain, nos bouches se touchent… et mes pensées s'arrêtent. Ma peur aussi. Cette étreinte timide et tellement réelle dure une éternité… une éternité aussi longue que ma perte de conscience dans le gymnase.

Puis, lorsque je sors de mon coma amoureux, les pensées reviennent dans ma tête… et la peur dans mon ventre. Pourtant, devant moi, le visage d'Anémone me sourit toujours. D'ailleurs, vous l'avez deviné, toute cette histoire avec Anémone me sourira à jamais.

Anémone se retourne alors vers la porte de la cuisine. Je fais de même. Mes parents sont là. Depuis combien de temps ? Je ne le saurai jamais. C'est ma mère qui parle la première.

– Allez, les amoureux ! Dans le salon ! La fête est loin d'être finie.

Derrière eux, le *djembé* s'est remis à résonner et sa cadence enlevante envahit toutes les pièces de la maison. Excité par ce rythme, mon père saute déjà sur place.

– Allez, Pauline, viens danser !

Il la tire littéralement dans le salon, où elle se laisse entraîner en riant aux éclats.

– T'es fou, Alfred !

Et moi, c'est à cet instant précis que je comprends l'origine de ma peur…

Ma peur, elle vient de mes parents!

Oui, ce soir, mes parents me font peur! Ils me font peur parce qu'ils n'ont plus peur pour moi. Je me sens abandonné par eux, car je sais que je ne serai plus jamais leur petit «Just'un»!

Pour la première fois de ma vie, je sais que je vais pouvoir faire beaucoup de choses sans leur permission... et sans leur supervision. À cette pensée, je devrais me sentir libéré. Sauter de joie. Mais non, au contraire: comme éveillée par les battements profonds du *djembé*, cette peur qui se lève dans mon ventre envahit toute ma poitrine. Figé sur place, je ne comprends pas ce qui m'arrive et un vent puissant me pousse dans le salon... Anémone!

Je me retrouve seul au milieu de la pièce. Égaré. Perdu. Devant moi, un géant noir, de ses mains vives et nues, fait vibrer une peau tendue sur un tronçon d'arbre taillé et creux qu'il serre entre ses jambes. Au niveau de sa poitrine dansent les arabesques tressées sur sa toge indigo et ma peur commence à s'envoler. Le martèlement de maître Tierno me remplit les oreilles – ce qui n'est pas peu dire, comme vous savez – et me gonfle de courage, dispersant dans le cosmos toutes mes pensées mauvaises. Et une idée nouvelle, peu à peu, les remplace. Une idée qui s'impose, parce que c'est la seule idée possible, là, maintenant...

Danser !

À vrai dire, danser, ce n'est même pas une idée. Ni même une action. C'est un état ! Oui ! Me voilà soudain, sous l'impulsion de maître Tierno, en état de danse !

Les yeux fermés, envoûté par le tempo infatigable du *djembé*, je suis devenu danseur. Rien d'autre. Plus

146

aucune pensée ne m'habite. N'existe plus que le *djembé* qui poursuit inlassablement sa cadence, m'ouvrant encore plus les oreilles... et le cœur.

C'est alors que je vois, devant moi, Anémone, toute en couleurs, qui danse en piétinant le sol avec fougue, comme pour en soulever la poussière africaine... pendant que ses bras ont de vifs et incroyables battements d'ailes d'oiseau.

Elle va s'envoler.

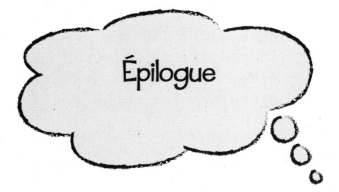

Épilogue

Oui, Anémone s'est envolée et sa légende s'est confirmée.

Comme le vent, elle poursuit maintenant vers l'ouest son grand voyage en compagnie de sa mère Fatou, la guérisseuse, et de maître Tierno, son père, qui s'est fait professeur globe-trotter de *djembé* afin d'explorer le monde avec sa famille.

Non, Anémone n'a pas été ma *blonde* bien longtemps, mais je pense encore souvent à elle, même dans des moments incongrus. En jouant au basket, par exemple...

Autant vous le dire tout de suite : je crains que la légende propagée au Moyen Âge par Hildegarde de Bingen au sujet de l'arnica soit véridique :

Si un homme et une femme sont amoureux l'un de l'autre, et que quelqu'un applique de l'arnica sur la peau de l'un des deux, ils deviennent éperdus d'amour... jusqu'à en perdre la raison.

Au sujet de « perdre la raison », je ne sais pas, c'est à vous de juger. Mais une chose est certaine : je me sens encore éperdu d'amour !

Heureusement, pour ne pas perdre la tête entièrement, j'ai toujours mon vélo. Maintenant que mes parents n'ont plus peur, je peux en faire à volonté... et sans casque !

Vous savez ce que ma mère m'a répondu quand je lui ai demandé, en janvier, la permission de prendre mon vélo pour aller à l'école? Elle m'a dit:

– C'est à toi les oreilles, après tout.

C'est drôle: depuis cette réponse, j'ai recommencé à porter mon casque. L'hiver, j'ajoute même une super grande tuque par-dessus, afin de bien me couvrir les oreilles.

Un jour, dans pas longtemps, j'irai au Sénégal et mes parents seront d'accord. J'ai même l'impression qu'ils vont m'accompagner.

Nous avons de grands amis là-bas.

MOT SUR L'AUTEUR

En février 2008, Reynald Cantin a fait un séjour au Sénégal, où il a vécu au sein d'une famille exceptionnelle. La mère de cette famille s'appelait Marielle Trolet[1] et le père,  Tamsir N'Diaye. Elle était blanche ; il était noir. Trois enfants magnifiques sont nés de cette union : Mariama, Sélimata et Tierno, le dernier-né, qui avait trois ans et demi. Grâce à ce contact direct et intime avec la vie africaine, beaucoup de peurs se sont évanouies. Reynald, qui a puisé dans cette expérience une grande partie de son inspiration pour écrire ce roman humoristique, souhaite à chacun d'être libéré de toutes ses peurs inutiles.

---

1. Marielle Trolet a écrit un livre autobiographique : *Femme blanche, Afrique noire*, publié aux éditions Grasset.

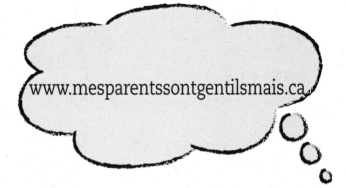
www.mesparentssontgentilsmais.ca

Mes parents sont gentils mais...

ILLUSTRATRICE : MAY ROUSSEAU

Série Brad

Auteure : Johanne Mercier
Illustrateur : Christian Daigle

www.legeniebrad.ca

Le Trio rigolo

AUTEURS ET PERSONNAGES:

JOHANNE MERCIER – LAURENCE
REYNALD CANTIN – YO
HÉLÈNE VACHON – DAPHNÉ

ILLUSTRATRICE: MAY ROUSSEAU

1. Mon premier baiser
2. Mon premier voyage
3. Ma première folie
4. Mon pire prof
5. Mon pire party
6. Ma pire gaffe
7. Mon plus grand exploit
8. Mon plus grand mensonge
9. Ma plus grande peur
10. Ma nuit d'enfer
11. Mon look d'enfer
12. Mon Noël d'enfer
13. Le rêve de ma vie
14. La honte de ma vie
15. La fin de ma vie
16. Mon coup de génie (printemps 2010)
17. Mon coup de foudre (printemps 2010)
18. Mon coup de soleil (printemps 2010)

www.triorigolo.ca

Marquis imprimeur inc.

Québec, Canada
2009